BELLEVUE, BEAURIEUX

ET LES ENVIRONS

Souvenirs, Études, Pensers, Réflexions et Dissertations
philosophiques, histoires locales et actuelles

SOMMAIRE

Par M. DEHAUT DE BRID'OISON,

*Ex-Séminariste, Licencié ès-lettres, Ex-Professeur de logique à Fontenay,
Niort et Blois (1871).*

LAON

Imprimerie ED. HOUSSAYE, rue Saint-Jean, 39.

1871.

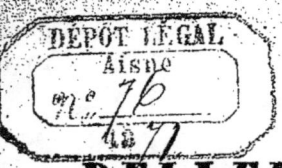
BELLEVUE, BEAURIEUX

ET LES ENVIRONS

Souvenirs, Etudes, Pensers, Réflexions et Dissertations philosophiques, histoire locale et actuelle

SOMMAIRE

Bellevue ;
Les Communeux et les Pétroleuses de Paris ;
Les Anglais ;
Les Merveilles de la création ;
Le Paradis terrestre ;
La Femme ;
L'Homme ;
Job. — Conférence vraie.
Le soldat qui meurt pour sa patrie.
Vous serez encore grands, etc.

A suivre : Notre-Dame de Laon.

Par M. DEHAUT de BRID'OISON,

*Ex-Séminariste, Licencié ès-lettres, Ex-Professeur de logique à Fontenay,
Niort et Blois* (1871).

LAON

Imprimerie Ed. Houssaye, rue Saint-Jean, 39.

—

1871.

PRÉFACE

Un ami sincère, parent aux Brid'oison du côté'de mon père, me dit : Mais, mon cher cousin Brid'oison, vous, l'honneur de la famille, vous en qui l'esprit fourmille, vous la perle des Brid'oison, avant que d'imprimer votre livre, et de le faire tirer à cent mille exemplaires, à quoi donc pensez-vous ? Vos beaux livres vont rester tous chez vos infortunés libraires !

Qui connaît Brid'oison le nain, de nom ou d'esprit et de face; (pour être lu) il vous faudrait une préface du célèbre Jules Jeannin ; car s'il entonnait sa trompette pour vous, devant les badauds de Paris, si son gamin l'annonçait à grands cris, votre livre, je le répète, deviendrait célèbre et sans prix... Il volerait de bouche en bouche, et le public (jusqu'alors) indifférent, farouche, à l'instant changeant de ton, serait pour vous de flamme et doux comme un mouton...

Mais (mon cousin Brid'oison), lui dis-je, par quel manége, en quel endroit, quand trouverai-je, comment prendrai-je pour menin, moi qui ne suis qu'un auteur nain, l'illustre et sublime Jeannin? Il vit, dit-on, au bout du monde, dans une retraite profonde, et pour faire les auteurs grands, il demande (dit-on) cent mille francs ! Convenez que pour nous (qui sommes pauvres) c'est un grand appétit; surtout quand hier Delavigne (Casimir), qui les donna pour enrichir sa vigne, est déjà coté si petit...

(En effet), la louange la plus sublime, les mots brillants, les mieux tournés, peuvent-ils porter sur la cime (du Parnasse) des vers ou des esprits mort-nés, ou des poëtes mal tournés ?

Boileau, dans son art poétique, n'a-t-il pas dit de l'homme étique :

C'est en vain qu'au Parnasse un téméraire auteur
Pense de l'art des vers atteindre la hauteur ;
S'il n'a reçu du ciel l'influence secrète
Jamais du haut Parnasse il n'atteindra la crête.
Sans l'art, sans vers, sans l'astre, il est toujours captif ;
Et trouvant Phébus sourd et Pégase rétif,
Dans son génie étroit il ne fera que braire,
Ainsi que dans les prés un âne, son confrère......

Pensant ainsi, j'étais triste jusqu'à la mort; d'avoir rimé j'avais remord ; mais tout à coup, repassant mon Virgile, voilà-t-il pas qu'un Ange bel, agile :

Ecce levis summo de vertice visus Juli,
Fundere lumen apex et circum tempora pasci !

Un jeune adolescent qui n'avait rien d'humain, me présente un papier qu'il tenait à la main ! Descendants, croyez-le ! ce n'est point un mensonge. Ce jeune homme brillant m'apparut dans un songe, fulgurant, rayonnant... d'un point léger, son front lançait une auréole de feu qui le léchait sous l'haleine d'Eole ; (il avait le front de Renan) il était rayonnant et tel qu'on nous dépeint un immortel, resplendissant de corps, d'esprit, de face....

Tenez, prenez, dit-il, voilà votre préface !...

Vous ne pourrez jamais composer rien de beau, qu'en faisant de la femme illustre un beau tableau...

C'est le portrait d'une madone...

Alors prenant son vol, l'ange aussitôt s'enfuit, et traçant

un sillon lumineux dans la nuit, il disparut... Je saisis son papier, lecteurs, et vous le donne, — sans fard et sans retouche, et sans correction, comme un verbe de Dieu qui tombe sur Sion.

Prenez ! voyez ! lisez ! méditez !

Et que sa flamme, d'abord rayon, puis feu lumineux, vous enflamme ! ! !

LA PRÉFACE CÉLESTE

ou

L'ÉLOGE DE LA FEMME

Nunc dimittis servum tuum, Domine, secundum verbum tuum in pace ;
Quià viderunt oculi mei salutare tuum,
Quod parasti ante faciem omnium populorum.
Lumen ad revelationem gentium et gloriam plebis tuœ Israël.....

Maintenant, je peux mourir en paix, mon Dieu ; votre parole et votre promesse ont lui sur moi.
Mes yeux ont vu, avant de partir, celle que vous avez établie, formée de vos mains, pour faire le salut et le bonheur de l'homme ; pour être sa lumière et sa boussole, sur

la mer de ce monde, son ineffable joie dans la prospérité ;
— son port, son salut, sa consolation dans ses douleurs,
ses peines, ses tribulations, ses maladies, ses prisons, son
exil, sa mort.....

Celle que vous avez préparée comme la fille, la mère, la
reine, la déesse de toutes les nations qui vivent sur la
surface brillante et fleurie de notre globe et sous la voûte
sublime, immense, éthérée, indescriptible de votre firmament, dont le soleil est l'œil et la lumière.

Que vous avez créée pour être le flambeau et le bon Ange
gardien de toutes les nations, et pour faire à la fois la gloire,
le bonheur, pour être le conseil, la religion, la divinité de
votre peuple d'Israël, c'est-à-dire de tous les peuples du
monde qui pensent, croient et vivent dans la religion et dans
la loi de Dieu,—religion et loi qu'il a écrites non sur le bois,
la pierre ou l'airain qui passent, changent et s'effacent, mais
qu'il a gravées lui-même d'une manière indestructible et
impérissable, avec sa sagesse et son intelligence infinies,
dans le cœur et l'âme de tout homme droit, bien pensant
et bien organisé ; qu'il a fait prêcher et propager par J.-C.,
fils de l'homme et de Dieu, notre frère, notre père, notre
maître, notre Dieu, notre martyr...

Mes yeux ont vu et admiré la femme supérieure, ce bel
et bon ange de l'humanité, dont les types et les modèles
sont :

Marie, comme la Vierge pure ; la chaste mère de Dieu
et des hommes ;

Rebecca, pour la prédestination ; Rachel, pour la beauté ;
Lia, Bala et Zelpha, pour la fécondité ;

Jahel, Judith, Jeanne Hachette et Jeanne d'Arc, pour
l'audace, la force, le sang-froid, la fermeté et le courage ;

Marthe, pour la patience, la vivacité, le travail, l'ordre
et la propreté ;

Ruth, la veuve dévouée, soumise, la pauvre glaneuse, la brû de Noémi, et l'épouse de Booz, pour la fidélité, l'attachement, la bonté, la douceur ;

La reine Blanche, mère de saint Louis, pour la piété et la bonne administration ;

Jeanne d'Albret, comme l'intelligente mère de famille, la femme forte et dure selon la Bible et le Nouvel évangile ; qui revêt ses fils et ses filles, non de soie, ni de mollesse, mais d'une santé virile et robuste ; qui veille sur eux, qui les forme et qui les instruit, non pour en faire des muscadins et des petits-maîtres, mais des hommes instruits et savants, moralistes, orateurs, historiens et poëtes, comme Cicéron et Tacite, comme Socrate et Homère, comme Aristote et Aristide, comme Virgile, Ovide et Horace ; — ou qui les taille forts, braves et durs à la guerre, comme les Horatius et les Manlius ; — Thémistocles, Epaminondas, — les Alexandre, les Charlemagne, les Henri, à qui naissant elle frotta les lèvres d'ail et d'eau-de-vie ; et qu'elle éleva dans la vie dure et robuste des champs, sans bas, à la mode des fils et des filles d'Albion qui marchent été et hiver, jambes nues jusqu'aux genoux, pareils aux chevreuils des bois ; — comme les Bayard, les Turenne, les Duguesclin, les Jean-Bart ; — les David, les Louis, les Césars, les Napoléon que l'auguste Lœtitia avait fait de bronze pur. Génies sublimes, intelligents, harmonieux ; hommes intrépides, infatigables, invincibles ; à l'œil d'aigle et au cœur de lion, aux nerfs d'acier ;

La femme supérieure, comme celle pour laquelle on a gravé : ci-gît la mère des trois *Dupins* ; comme enfin la femme de l'Écriture, célébrée par Salomon, par Jésus, fils de Josedeck, par Jésus, fils de Sirach, et surtout par J.-C. le prophète, le savant des savants, le fils de Dieu, le Sauveur, martyr. — Non comme la femme Millième de Salomon, mais comme l'épouse unique, pudique et inséparable d'Isaac, de Tobie, de Booz èt de tous les hommes saints, chastes et moraux ;

Enfin comme l'épouse forte, pure et vertueuse, la femme supérieure à tous les êtres et à l'homme lui-même par la beauté, la bonté, la piété, la dignité, la clémence, la douceur, la sobriété, la finesse et l'adresse, et j'ose le dire l'infaillibilité et l'infatigabilité, prises, non dans le sens absolu et fanatique, mais dans son acception bonne, sage, possible, humaine....

Qui toujours et partout, quand l'époux daigne lui sourire et l'encourager, se lève la première et se couche la dernière, avant le lever et après le coucher du soleil ; qui dans les noirs et froids hivers allume la lampe du travail, ranime ou ressuscite le feu tiède ou éteint de la veille ; distribue la laine, le fil, la toile et le drap aux nombreuses ouvrières ; nourrit et habille ses enfants ; pétrit et cuit le pain, crème le lait; purifie et façonne le beurre, prépare les repas de l'époux, des enfants et des serviteurs de la ferme, forts, actifs et courageux, qui font les mille ouvrages de l'intérieur, qui labourent nos terres et rentrent nos moissons ; — durs, habiles, infatigables, bravant, l'été, les ardeurs du soleil, et dans les âpres hivers, avec des habits légers et mal fermés, les pieds et les jambes presque nus, défient la gelée qui mord profondément, ou la neige que Dieu sème comme des flocons de laine, ou ses frimas aigus qu'il répand comme des diamants de poussière, tombant en aiguillons fins et piquants et parfois en carreaux gros et perçants comme le plomb meurtrier.

La femme supérieure achète, fait confectionner et répare le linge et les habits de toute la nombreuse famille ; distribue vivement et généreusement l'aumône au pauvre vieillard et au faible orphelin ; les nourrit et les réchauffe à son foyer, les protège contre le froid, la pluie et l'aquilon et les loge la nuit sur son foin le plus chaud et le plus doux.

Providence de la ferme ou de la ville, elle repaît de ses mains infatigables la poule, présent précieux et admirable de Dieu, et ces colombes chastes et légères, fécondes et bénies du ciel, messagers sublimes et aériens, qui fendent les airs et portent la nouvelle ardemment attendue et donnent à l'homme, comme variété, un mets précieux, léger, agréable.

C'est encore la femme forte que rien n'arrête et ne rebute qui est la mère nourricière de tous les animaux de la ferme, depuis ceux qui nous donnent leur lait, nectar divin, ineffable, que Dieu dans sa bonté nous a donné pour gagner notre amour et notre reconnaissance, et pour nourrir et conserver à la vie nos tendres enfants, pour embellir et fortifier la nôtre ; le lait, qui caillé, durci et préparé sous mille formes diverses est un des meilleurs condiments de la nourriture de l'homme, et dont on extrait le beurre qui, pris seul, est le meilleur des aliments, et qui, séparé, forme le nerf, la base, la liaison utile, indispensable à toute préparation culinaire... Jadis sa vigilance pourvoyait et s'abaissait à tout : jusqu'à laver le linge à la rivière, et à préparer, mesurer et distribuer de ses mains fortes et délicates la ration de lait crêmé aux blancs et laiteux petits de l'animal monde et précieux, dont la viande si tendre, si abondante, si succulente fraîche ou salée, dont le lard si utile, si nécessaire, si répandu ; — dont les moindres débris si recherchés, si friands, forment avec le bœuf, le mouton, les oiseaux de la basse-cour, le gibier des champs et des bois, les poissons des eaux douces et de la mer ; — et les frais et tendres légumes du paradis terrestre, la manne universelle de l'ouvrier et du grand seigneur, — du riche et du pauvre...

A la ville, comme à la campagne, c'est toujours la femme forte et courageuse qui est la providence, le bras, le conseil, l'âme, la déesse de la maison ; — la lumière, la divinité de son mari ; — la reine du jardin, des fleurs, des légumes, des fruits.

La femme supérieure, habile, bonne, sage, économe, prévoyante, infatigable, se lève de bonne heure, pour acheter et faire confectionner le drap et la toile, — pour en revêtir ou parer son époux, ses enfants et souvent le serviteur fidèle, brave et diligent, ou le pauvre, vieux, infirme, peu couvert dans la froide saison ; — elle parcourt les longs et encombrés marchés, pour choisir, recueillir, acheter et rapporter péniblement chez elle les fruits, les légumes, le beurre, les œufs et les mille choses qui nourrissent, réjouissent et approvisionnent la maison.

Elle est la reine du château, de la maison, de la ferme, de la chaumière ; la déesse de la propreté, du confortable, de l'élégance sans luxe. Tout luit et brille chez elle, par l'ordre, sans faste et sans vanité ; par le bon goût, le convenable, la sagesse et l'économie, vertus plus précieuses que l'or.

Elle sait que ces vertus, jointes à la prudence et à la prévoyance, sont propres et nécessaires à la mère de famille ; qu'il ne suffit pas de dépenser, de donner d'une main libérale et généreuse, qu'il faut aussi prévoir et assurer l'avenir, l'instruction des enfants, préparer la dot, l'établissement des fils et des filles ; la retraite honorable et confortable des père et mère de famille, le pain, l'habit et le toit des vieux jours et une réserve sage et suffisante pour ceux qui viendraient à manquer.

Enfin, elle règle sa conduite et ses actions, non sur la mode ou le vain et ridicule usage, mais par sa réflexion juste et profonde et sa mûre et intelligente sagesse.

Si dans ses moments de loisir, pour recevoir ses parents ou ses amis, ou pour paraître devant le grand et curieux spectacle du monde, elle est forcée de s'habiller, elle ne se couvre pas d'or et de pierreries, ni des habits et des ornements les plus recherchés, les plus fastueux, les plus riches, les plus à la mode, les plus ridicules ; simplement parée par la décence, l'intelligence, le bon goût, la modestie et la grâce, elle enlève tout suffrage en mariant habilement ensemble : l'élégance et la simplicité, la rose et le lis, la violette odorante et le bouton d'or des prés, le bluet céleste et la fleur rouge et éclatante des blés, les blonds épis et les blancs jasmins à la renoncule et à la tulipe aux mille couleurs.... Son port est calme, noble, assuré, majestueux ; tous les yeux la contemplent et l'admirent... — Se lève-t-elle, marche-t-elle ? Incessu patuit Dea... la Déesse se révèle et s'impose à tous ; et ce n'est plus dans la salle immense qu'un frémissement universel d'émotion, — de serrement de cœur, — d'admiration...

Je m'arrête, car l'haleine me manque pour dire tout ce que peut faire de bon, de beau, de grand et de brillant la femme active et supérieure ; pour vous narrer tous ses avantages, tous ses travaux ; pour vous dépeindre le bonheur, la joie, les torrents, les mers d'affection, d'attachement, de tendresse, de soins, de bonté qu'elle répand sur son époux, ses enfants, sa famille, — d'attention et de sollicitude qu'elle verse sur tous, et si je voulais trouver des noms je n'oserais citer que celui de ma mère (1), craignant de blesser la modestie et la candeur des femmes distinguées et méritantes qui se présentent en foule à mes yeux.

Je n'ajoute qu'un mot à cet éloge vrai et sincère : c'est la femme, fille, sœur, épouse, mère, amie, bonne, forte et vigilante, qui nous rappelle et nous fait chérir nos de-

(1) Ou de ma sœur.

voirs, qui nous montre du doigt le chemin du ciel, nous appelle vers Dieu et nous aplanit la voie par sa piété, ses prières, sa douceur, par sa patience et sa persévérance ; qui implore de lui, pour nous, une place dans sa gloire, dans sa majesté, dans son bonheur....

C'est toujours cette sainte providence qui, après avoir fait notre bonheur sur cette terre de joie, — de douleur, — de travaux, — nous prépare avec le plus de douceur et d'onction, — le plus de charme, de modestie et de persévérance, — d'intelligence, de patience et de courage, — le lit pur, blanc, moelleux et céleste, où doit se reposer, au sein de Dieu, notre future, grande et imposante immortalité...

Aussi philosophe que poëte, portant sur un autel, au plus profond de mon cœur, l'amour pur, saint et sacré de ma patrie, plein de reconnaissance et de dévouement pour ma mère, si laborieuse et si simple, — si élevée, si intelligente, — si vénérable et si vénérée, je m'adresse fortement et plein d'espoir à vous toutes, vierges pures et éclairées, fortes et courageuses femmes de France, supérieures par la beauté, la force, l'esprit, le courage, vertus humaines, — la religion et la piété, — vertus divines, afin de travailler, autant qu'il est en vous, et de nous donner l'élan, pour rendre bientôt à notre patrie chère et bien-aimée, si éprouvée, si abaissée, si pauvre et si endolorie, — la paix, l'union, la force, la puissance, l'éclat et la place qu'elle tient de Dieu, que lui ont conquise les Jeanne d'Arc et les Jeanne d'Albret, et que la légèreté, la désunion, le luxe, la mollesse ; en haut, les fautes, la torpeur du pouvoir ; en bas, l'insubordination, le sarcasme, l'opposition creuse et systématique, la vanité, l'orgueil, l'intempérance, le mépris ou la haine de tout pouvoir, de toute hiérarchie, l'ignorance, la fatuité, la soif du mol repos et de la folle liberté de plusieurs, de beaucoup, de presque tous, lui ont fait perdre d'une manière si prompte, si éclatante, si terrible et si déplorable.

Puisse le puissant maître du ciel et de la terre, le père infiniment bon de l'homme et de la femme, son plus excellent et son plus bel ouvrage, bénir et purifier cette prose et ces vers que je vous adresse du fond de ma tombe ; les faire tomber sur vous comme une rosée et une pluie bienfaisantes, entrer dans vos bouches comme un doux rayon de miel et pénétrer dans vos cœurs, vos esprits et vos âmes, pour y germer, croître et mûrir, comme une moisson céleste, abondante, sainte et sacrée.

Afin que notre France, recueillie et calme, reprenne bientôt par l'ordre, l'union et le travail, — sous l'invocation et la bénédiction de Dieu,—son antique et même un nouvel et plus vif éclat, et redevienne encore et bientôt, — le modèle, la mère et la reine des nations.

BELLEVUE, BEAURIEUX

ET SES ENVIRONS

PREMIER CHANT

Sur un pic montueux où l'aigle eut fait son nid
S'élève un château neuf de brique et de granit ;
Bâti sur un terrain chéri par la nature,
Le bon goût a guidé sa simple architecture ;
Elégant, gracieux, près du haut ciel jeté,
Il va rester debout pour une éternité...
Il ne craindra jamais ni des vents la furie,
Et ni la faulx du temps, ni les torrents de pluie
Qui lèchent en tombant la pierre et le ciment,
Et qui minent enfin le hardi monument...
Le passant en fixant ce castel séculaire
Le verra toujours ferme et perpendiculaire...
Si le grêlon tintant sur sa vitre bondit,
Il en rira bientôt au soleil de midi...
Oh ! comme ce château que de loin l'on admire
Sur ces riches vallons pompeusement se mire !

C'est là qu'un faible oiseau, brillant chantre des nuits,
Du poëte rêveur vient charmer les ennuis,
Surtout quand une mort imprévue et cruelle
A frappé son épouse et ses fils de son aile...

Que ces anges du ciel étaient chers à son cœur !
Oh ! que bonne elle était ! Comme l'aiglon vainqueur

Dans son premier essor, en essayant son aile,
Hardi planait déjà vers la voûte éternelle !
Ardent, comme il aimait la pure vérité ;
Comme il blâmait le faux avec sévérité !

De ce roc élevé, comme le chantre antique,
Il eut lancé du ciel une voix prophétique ;
Et peut-être arrêté ces fous et ces bandits
Vomissant sur Paris tous leurs instincts maudits...

Brûlez, monstres, brûlez, achevez votre rôle !
Engloutissez Paris dans des mers de pétrole !
Ralliez ses enfants aveugles, insensés,
Qu'avec vous leurs esprits d'orgueil soient enlacés ;
Qu'ils plongent leur poignard rouge au sein de leur mère,
Qu'une race féroce, insensée, éphémère,
Emporte leurs esprits, leur cœur et leurs canons !

De ces monstres divers, Muse, quels sont les noms ?
Blanqui, Flourens, Rochfort, Euds, Ferré, Delescluze
Et Vermech, dont la rage a brisé toute écluse ;
Urbain, Pyat, Mégy, les Rigault, les Marats,
Formant cent légions d'infâmes scélérats...
Grousset, Mottu, Moussu.......

Prenez, emprisonnez les martyrs en ôtage,
Ils viendront racheter les horreurs de Carthage ;
Beugy, Bonjean, Chaudey, Deguerry, puis Darbois,
Hommes saints, grands et bons, mettez-les aux abois ;
Puis dans les jours de sac de votre Babylone
Vous les égorgerez au pied de la colonne...

Pour grandir vos fureurs qu'un troupeau de mégères,
D'Alecto furieuse, infâmes messagères,
Folles, ivres, lèvre crispée et crins épars,
Tourbillonnent, portant de la rue aux remparts
Le fer, l'ardente torche et la rouge guenille,

Anges ou papillons, convertis en chenille ;
Qu'agitant à grand bruit leurs sales cotillons,
Ces monstres féminins tournent en tourbillons !
Bacchantes en hurlant une ronde espagnole
Qu'elles dansent sans frein l'horrible carmagnole ;
Et s'il est un forfait des hommes détesté,
Un crime qui répugne à notre humanité,
Monstres au jupon court, à l'épaule éhontée,
Hardi ! commettez-le d'une main effrontée...

L'argent, le vin, le jeu, la débauche, les ris,
Vont être désormais les seuls Dieux de Paris...
Dieu va briser bientôt leur rage, leur folie ;
Ils boiront le calice amer jusqu'à la lie...
Des prêtres, des savants, ils ont fait des martyrs,
Et si bientôt d'ardents et d'humbles repentirs
N'éteignent dans leurs cœurs des pensers qu'on abhorre,
Ils subiront le sort de Ninive et Gomorrhe...
Plus tard, le philosophe, en riant de mépris,
Distrait et dédaigneux foulera leurs débris ;
A l'endroit où flânait le citoyen superbe
Le rural sèmera le blé, l'avoine et l'herbe,

Et ses filles lieront { belles / sobres / fortes } en messidor,

Pour de sages cités leurs blés jaunes et d'or...

Assassins, contre vous le sang des martyrs crie !
Vous avez déchiré le sein de la patrie !...

Où sont ses monuments si superbes, si beaux,
Ses livres précieux, du monde les flambeaux ?

Ils ont brûlé Paris dans leur féroce joie !
De ces monstres sanglants tout est tombé la proie ;

Et sans nos forts soldats, aux coursiers écumants,
On n'eut plus trouvé là que des débris fumants !

On ne voit dans Paris que meurtres, funérailles,
De l'asile des morts entr'ouvrant les entrailles,
Ils ont tout profané, tout, sol, croix, morts, tombeaux ;
Tout est détruit, brisé, brûlé, mis en lambeaux...

Tes perfides voisins, boutiquiers insulaires,
Paris ! ont attisé ta rage et tes colères ;
Ils ont vomi sur toi d'innombrables essaims
De monstres, de bandits, d'infâmes assassins...

Vous aussi fiers enfants de l'antique Pologne,
Vous étiez avec eux, sans pudeur, sans vergogne !
Vous veniez pour détruire et la France et Paris,
Et pour percer le sein qui vous avait nourris...

«Albion dont l'orgueil ⎞
» Albion dont l'or vil ⎬ sont la seule doctrine,
» Albion dont la ruse ⎠
» Contre toi cache un fer aigu dans sa poitrine...
» Crains son air cordial ! en Judas caressant
» Elle veut te percer, traîtresse en t'embrassant !
» Elle réchauffera dans son sein tout transfuge ;
» Chez elle tout forçat va trouver un refuge ;
» Elle va les soustraire aux vengeances des lois...
» Fomenter des complots sont ses plus grands exploits !
» Jamais pour ses amis, perfide et mercantile,
» L'Anglais ne veut nous tendre une main juste, utile ;
» Vous demandez en vain une extradition ;
» Tout bandit est l'ami de cette nation... »

De crimes, puisse-t-elle en comblant la mesure,
En recevoir bientôt le prix avec usure !...
Puisse le ciel du monde en entendant les cris,

La livrer aux brigands que son or a nourris !
Et que partout enfin ce grand mot retentisse :
Pour elle il est venu le jour de la justice !
Le ciel est patient, mais il est juste, enfin !
De forfaits cauteleux il a sonné la fin !...

DEUXIÈME CHANT.

Laissons là, cher lecteur, la perfide Albion,
Et tranchons court et net notre digression...
Le rossignol finit sa strophe languissante,
Et le soleil au ciel prend sa course puissante...
Tout proclame ici Dieu : son grand astre qui luit,
Et son jour éclatant et sa brillante nuit.
Tous reconnaissent Dieu : son grand et bel ouvrage
    N'est pas pour l'homme un langage
        Obscur et mystérieux ;
Sa terre, ses vergers, ses bois, son onde pure,
        Sont la voix de la nature
Qui parle aux cœurs, aux sens et qui frappent nos yeux. (1)

Du chaos, du néant, quand Dieu créa le monde
Et fit sortir Adam de cette nuit profonde,
Ce qui frappa d'abord ses regards éblouis,
Et saisit tous ses sens étonnés, réjouis,
C'est cet être que Dieu tira pur de la fange,
La compagne dont Dieu pour l'homme a fait un ange,
Ange gardien et bon qu'il forma du limon,
Pour charmer nos douleurs et chasser le démon...

Si l'on n'avait ouvert la boîte de Pandore,
Elle eut été pour nous un Dieu pur qu'on adore ;

(1) J.-B. Rousseau.

Mais la rendre parfaite était témérité,
Le parfait n'appartient qu'au Dieu de vérité...

De la paix, du bonheur, cet ange a la science :
Il est bon, doux et pur et plein de patience ;
Il sème ses vertus sur notre humanité,
Et fait par nos enfants notre immortalité...
L'Éternel sur son front a mis une auréole ;
Ses cheveux longs, luisants, flottent au gré d'Eole ;
Son visage modèle est beau, modeste et pur,
Son col est droit et rond, son œil noir ou d'azur ;
La rose sur son teint au blanc lis se marie ;
Sa robe est la nature et brillante et fleurie ;
Son col est un lis blanc, sa lèvre est de corail,
Ses cheveux sont d'ébène et ses dents sont d'émail...

Oh ! que sa pose est belle ! Aussitôt qu'elle marche,
D'un bel ange du ciel elle prend la démarche...
Et dès qu'elle parut aux yeux d'Adam surpris,
Admirant sa compagne, Adam en fut épris ;
En voyant son beau port, son beau front, sa noblesse,
L'homme vit aussitôt qu'elle était sa déesse ;
Et sans trop admirer les beautés de son corps,
Ni sa perfection, sa taille, ses accords,
Ses traits fins, déliés, ni son œil qui caresse,
Ni ses bras arrondis, ni ses doigts fins qu'il presse,
Il leur voue à jamais une sainte tendresse...

Dans leurs vergers ombreux, dans le palais d'Eden,
Dans les champs étendus et dans leur beau jardin,
Si l'homme un peu plus loin de ce château mauresque
Va promener ses yeux ; quel site pittoresque !
Quel beau panorama vient embellir ce lieu !!
Comme on y voit partout le doigt puissant de Dieu !

Ii a beau se cacher, partout on le devine....
Tout est marqué du sceau de sa source divine....

TROISIÈME CHANT

Est-ce nous qui créons les yeux du firmament?
Est ce-nous qui fixons, terre, ton fondement?
Est-ce nous dans les airs qui semons la lumière,
Ainsi que dans nos champs il sème la poussière?
Quand le jour éclatant baisse, tombe et s'enfuit,
Est-ce nous qui tendons les voiles de la nuit?

Belle nuit que Dieu fit pour le repos de l'homme,
De travaux longs et durs quand il a fait la somme...

O Cieux que de grandeur et que de majesté ;
Vous proclamez un maître à qui rien n'a coûté. (1)

Quel homme oserait dire en sa folle démence,
Qu'il a créé la terre ou bien la mer immense?
Pourrait-il préciser dans sa témérité
L'étendue et le but de leur immensité?
Dans les palais de Dieu, dans sa gloire admirable,
Quel mortel en mourant sera digne d'entrer?
Qui pourra jamais pénétrer
— Dans cet asile à l'homme impénétrable
Où ses saints en tremblant, d'un œil respectueux,
Contemplent de son front l'éclat majestueux? (2)

Qui fit les animaux et toute la nature
Du lion jusqu'aux vermisseaux?
Terre, qui fit les mers, ton immense ceinture,
Qui fit les plus minces ruisseaux?

(1) Racine fils.
(2) J.-B. Rousseau.

Qui fit de Béhémoth la puissante structure
  Et les plus faibles oiselets ?
Et du paon orgueilleux la brillante parure,
  Et les crapauds rugueux et laids ?

  C'est le grand Créateur de toute la nature !
Celui qui donne à tout le souffle et la pâture,
Depuis l'homme puissant jusqu'aux faibles oiseaux,
Depuis le fier lion et le chêne superbe
Jusqu'au plus vil insecte, obscur, caché sous l'herbe,

  Qui tient tout dans sa main, le ciel, les champs, les eaux.

  L'homme faible, ébloui de sa magnificence,
Pourrait-il en un brin égaler sa puissance ?
Oserait-il lutter contre son éléphant,
Lui, devant ce géant, faible comme un enfant ?
Oserait-il, Jonas à l'insolence vaine,
Plonger son corps vivant aux flancs d'une baleine ?
Ou bien braver la mort horrible qui l'attend,
Dans la gueule du tigre ou du léviathan ??

  Dans ce vaste univers, où tout objet nous touche,
Qui de nous peut créer ou le ver ou la mouche ?
Serait-ce un Vaucanson, un Voltaire, un Piron,
Qui pourrait animer un moustique, un ciron ?

  Tout nous vient, croyons-le, de cette âme éternelle
Qui nous chauffe, poussins infirmes, sous son aile !
C'est Dieu sur ces vallons qui sème de ses cieux,
De ses prodigues mains tous ces dons précieux,
Son soleil, sa rosée, et verse à chaque plante
Sa manne universelle, à dose sûre et lente ;
C'est lui qui la soutient, c'est lui qui la défend
En mère qui nourrit et berce son enfant !...

C'est lui qui, dans ces lieux, verdit ces plants de vigne,
Lui qui les échalasse et lui qui les provigne !...
C'est lui qui fait mûrir ces noirs et blancs raisins,
Dont le goût fait pàlir tous les côteaux voisins,
Qui colore ces vins qu'un fût tout neuf enferme,
Conservés aux celliers immenses de la ferme,
Celliers dont on a fait un vaste souterrain
Dans la pierre formant la crête du terrain.

Dans de profonds caveaux, là l'on garde, ô merveille !
Des tas droits, alignés et rangés en bouteille,
De ce bon vin, de Dieu précieuse liqueur,
Qui nourrit et le corps, et l'esprit et le cœur.

Lui qui nous fait marcher sur les pas de Virgile,
Qui nous fait accourir la rime ardente, agile ;
Et qui nous fait chanter, non sur sa lyre d'or,
Sur le ton dont chantaient ou Racine ou Virgile,
Mais sur de vieux pipeaux ou de soigle ou d'argile,
Sur ces côteaux riants, floréal, messidor,
Et les riches trésors d'une belle vallée
D'arbres, de pampres verts, de moissons constellée...

QUATRIÈME CHANT.

Si de ce mont hardi, comme du haut d'un mât,
Notre œil plane élevé, sur ce panorama,
Oh ! quel tableau magique à nos yeux se déroule
Comme mille beautés s'y présentent en foule...
Ici le rossignol module ses chansons ;
Là, la terre revêt sa robe de moissons...
Quelle est belle au printemps la naissante nature !
Mille pommiers en fleurs dessinent sa ceinture ;

Heureux présent du Ciel, oh ! qu'il est enchanteur !
Que brillante est sa fleur et douce sa senteur !
Il rappelle en ces lieux le Paradis céleste ;
Sa pomme à nos palais n'a plus rien de funeste,
Et son fruit bienheureux qu'on presse en fructid'or,
Qui coule du pressoir en flots glissants et d'or
Et qui dans nos tonneaux en murmurant ruisselle,
Sera de l'ouvrier la manne universelle ;
Sa liqueur par lui prise avec sobriété,
Doublera son travail, sa force et sa santé ;
Sa main, dans nos jardins, avec art s'évertue
A dresser mille parcs d'oignons et de laitue,
De fèves, de navets, de grimpants cicérons,
De haricots géants, nains, longs, blancs, rouges, ronds...
Qu'ils remplacent bientôt notre moisson détruite,
Plus délicats au goût que la sole ou la truite...
D'oignons, d'ache, de beurre et de lard fricassés,
Friand on s'en nourrit, sans jamais dire : assez !

Tous les jours le premier à l'œuvre et le dernier,
Habile et courageux le savant jardinier
Dresse, plante, entretient ce paradis superbe
Et n'y laisse jamais pousser un seul brin d'herbe.

Dans ce terrestre Eden on voit le doigt de Dieu,
Tout s'aligne à sa place et tout brille en son lieu...

On admire plus loin des champs de betteraves
Que d'ardents ouvriers sarclent, robustes, braves :
Ils manient lestement leur rapide sarcloir
Qui laboure un arpent du matin jusqu'au soir...

Fais croître, Dieu puissant, cette plante bénie,
De tes riches trésors abondamment fournie !
Elle rendra bientôt à notre humanité

Mille présents divers, la vie et la gaîté ;
Son suc adoucira la liqueur salutaire
Qui réchauffe nos cœurs et qu'adorait Voltaire ;
Elle rendra l'esprit vif aux manants lourdauds ;
Et par elle Paris n'aura plus de badauds...

On voit de tous côtés de vastes plants d'asperges
De l'Aisne couronnant les hauts monts et les berges ;
Mets doux et précieux qui se plaît au côteau,
Qu'on cueille le matin avec un long couteau,
Et qui, servi bientôt tendre sur notre table,
Est mol et savoureux, bienfaisant, délectable...
D'un sable limoneux s'élançant sans effort,
L'asperge nourrit l'homme ou grossit son trésor.

CINQUIÈME CHANT

Sur le penchant d'un mont que le soleil caresse,
Là l'antique Beaurieux se pavane et se dresse...
« Quelle douce harmonie à ce nom de Rieux,
Nom qui lui fut donné par César glorieux :
Ce beau nom du latin, lecteur savant, dérive :
De rivus le gaulois a fait rieux ou rive... »

Quel spectacle enchanteur vient me frapper soudain ?
Le mont en s'abaissant n'est qu'un vaste jardin
Que chérissent Cérès, et Priape et Pomone,
Le beau Claude-Prunier espacé le couronne...
Oh ! que sa fleur est belle et ses fruits abondants ;
Oh ! qu'ils sont précieux, sucrés, doux et fondants !
Dans les grandes cités conduits avec largesse,
De ce beau paradis ils comblent la richesse.

Napoléon, jadis, visita ces cantons,
Que foulent maintenant des avides Teutons ;

Quand sa gloire y passa, c'était dans un jour sombre,
Elle est tombée alors comme nous sous le nombre...

Que de nobles mortels, Muse, je vis ici !
De Tugny, Dhédouville et Lévêque et Bussy !

« L'austère probité leur rit et les couronne ;
« Leur jardin, leur maison, leur vigne c'est leur trône...

« Leurs enfants rayonnant de force et de beauté,
« Leur bonheur, leur orgueil, leur immortalité
« Embelliront ces lieux chéris par la nature
« Et les feront bénir par la race future... (1)

« Je connus leur aïeul ; son père, beau vieillard,
« Du Ciel me tend les bras ⟩
« M'appelle en souriant   ⟩ et me dit qu'il est tard,
« Qu'il est temps de monter à la voûte céleste...»

Encore un mot, enfants ! puis, j'y vais d'un pied leste !
« Sur la terre où Tobie et Job ont combattu,
« N'abandonnez jamais le fil de la vertu... »
« Qu'à cultiver son champ l'homme probe se borne !
« Jamais de vos voisins ne dépassez la borne !
« Jamais ne leur prenez leur âne et ni leur bœuf
« Et ni quoique ce soit : ...
« Dieu dit qu'on est damné pour avoir pris un œuf... (2). »

(1) In memorià æternà erit justus, ab auditione malà non timebit.
La mémoire du juste sera éternelle, elle ne craindra point la langue empoisonnée du méchant.
(2) Voyez les lois de Lycurgue, de Solon et de Numa ; le Décalogue de Moïse, celui de l'Eglise catholique, et surtout le kilologue que Dieu a gravé dans la conscience de tous les hommes, auxquels on ne peut manquer sans encourir la peine écrite et prononcée par Dieu sur le mont Sinaï : la honte et le mépris des hommes en ce monde, et la damnation éternelle dans l'autre.
Les commentateurs qui mentent effrontément pour tromper le pauvre peuple auront un compte terrible à rendre à Dieu... Tu ne mentiras point ! disent Moïse et Jésus-Christ...

Ils daignèrent ceux-ci m'embrasser dans ma course
Sans me montrer haineux la lèvre mince d'ourse !...

SIXIÈME CHANT.

Là tout est souvenir, tout est majestueux ;
L'Aisne promène ici son cours mol, sinueux ;
De ses fécondes eaux elle arrose la plaine,
Et donne à ses enfants le nom heureux de l'Aisne,
Pays qu'ont illustré dans le champ des hasards
Napoléon le Grand et jadis les Césars (1)...
On y trouve Villers, Cuiry, Cuissy, Vassogne,
Jumigny, puis Malzis où l'on boit sans vergogne,
Hédouville et Dubras y faisaient de bon vin
Que les curés du lieu ne fêtaient point en vain...
Il leur donnait la voix et la bouche éloquente.
Poëte, souviens-toi jadis d'une bacchante,
Ivre d'avoir trop pris de vin rouge et de blanc,
Qui s'élança sur toi, pâle, fuyant, tremblant...

Ce pays, maintenant recueilli, saigne et pleure ;
Du juste Jéhovah il attend l'aide et l'heure :

Celui qui prendra le bien d'autrui, son champ, son fossé et surtout le bien communal, sera damné in æternum.

Celui qui arrêtera le cours du fleuve ou de la rivière pour provoquer l'inondation ; celui qui mutilera l'arbre du voisin ou de la commune, qui supprimera ou barrera le chemin vicinal ou rural pour empêcher le labour de la terre ou le charroi des récoltes, si non damnatus in æternum, sera retenu en purgatoire pour des millions d'années... Il voudra rendre alors cent fois et mille fois le dommage, sed jàm non tempus erit; Dieu lui dira : tardius est : mane, mane in purgatorio vir insipiens, audax, improbus et nequam ; il est trop tard : reste, reste dans le purgatoire, homme insensé, méchant et injuste.

(1) On y voit les vestiges de nombreux camps de César, et les batailles de Craonne, de Laon, d'Athies, de Clacy et des environs fument encore à nos yeux.

C'est là que fut défait le malheureux Marmont: ne pas vaincre passait déjà pour trahison.

Quand elle aura sonné, le moderne Attila
Fuira comme celui qui jadis le foula.
Nous soyons patients ; cultivons nos campagnes,
Nos vallons, nos côteaux et nos vertes montagnes...

Nos jardins, nos vergers, nos blés et nos raisins
N'ont rien à redouter de ceux de nos voisins...
Que dans ces beaux vallons ce cri saint retentisse :
La France régnera toujours par la justice,
Par l'ordre, le travail et la sobriété...

Des novateurs brisons le trio détesté ;
Êtres à l'humeur noire ou bien à l'humeur douce.
Relevons le pays de sa rude secousse ;
Souvenons-nous surtout que la morgue et l'orgueil
De la France ont causé le malheur et l'écueil.
Cultivons avec soin l'ordre et la modestie,
Si nous ne voulons pas rester là pour hostie
Des gras et fiers Prussiens.....
Travaillons, travaillons... L'or viendra des moissons...
A nos froids ennemis empruntons des leçons...
Si nous voulons dompter le Prussien et le Russe,
Achetons à prix d'or la Russie et la Prusse :
Ayons vingt alliés.....
Ne perdons point le temps à des mots superflus,
Lisons moins de journaux ! travaillons beaucoup plus...
Les chambres, les cafés ont par trop d'éloquence,
La parole est de plomb et d'or est le silence.
Chassons les loups couverts d'une peau d'agneau blanc,
A l'égal des Mégy, craignons les Louis Blanc...
Des clubs, des partageux brisons la saturnale
Et supprimons chez nous l'Internationale ;
Qu'ils perdent à Paris leur rang de citoyens
Et de tout renverser l'envie et les moyens...

Etre libre, égal, frère ; oh ! c'est une chimère
Dont la France a trouvé l'expérience amère...
Luis Blanc, Cahet, Proudhon, Saint-Simon, Rochefort
Ont dit : Notre programme est le droit du plus fort ;
Soyons libres, égaux, partageons ou la mort !...

Français, foulons aux pieds ces vieilles balivernes
Bonnes pour récréer les piliers des tavernes...
Laboureurs, ouvriers, tous nos cœurs ont bondi,
Quand farouches, sanglants, ces monstres nous ont dit :
« De ces lieux fuyez tous, colons héréditaires !
« Tous ces biens sont à nous, prés, bois, vignes et terres...
« Si vous voulez encor croupir dans ces hameaux,
« Restez pour nous servir de bœufs et de chameaux ;
« Les plus grands d'entre nous, avec de fortes triques,
« Vous conduiront aux champs en guise de bourr..... »

Eh bien ! qu'en dites-vous, honnêtes paysans ?
Oh ! que des communeux ⎫
Oh ! que des partageux ⎰ les projets sont plaisants !

Pour eux le doux repos et le vin qui pétille,
Et la vie et la femme agréable et gentille !
A nous les durs travaux, les incessants labeurs ;
Et pour eux sont nos champs trempés de nos sueurs !

JOB

Conférence vraie selon le texte véritable de la Bible et dépouillée
de toute légende.

Du riche Job alors Dieu me met en mémoire
Le poëme en beaux vers qui n'est point une histoire.
Sur Job ont disserté Codurck, Saint-Augustin,
Et l'eunuque Origène, et Jérôme en latin ;
Ambroise, Saint-Bernard, Saint-Douce et sa famille,
Et mille autres savants dont le monde fourmille (1).
Je ne vous parle pas du moderne Bouillet,
Qu'en vain sur ce sujet, curieux j'ai fouillé ;
Son court et plat récit, son ignorant parlage,
N'est qu'un vil lieu commun de pâtre de village...
Si de vous éclairer vous avez le prurit,
Lisez Dehaut, Joseph, Jérôme et Moréri...
Dieu déteste le faux, le proscrit et l'élague,
Sa sainte vérité ne souffre pas la blague...

Du plus savant d'eux tous voilà le jugement (2) :
De Job le poëme est magnifique et charmant ;
Ses trois bons amis sont : Eliphaz de Théman,
Et Baldad de Sueh, Sophar de Naaman ;
Puis le jeune Eliu dont la mâle éloquence

(1) La traduction de De Genonde, comparée à celle de Saint-Jérôme,
n'est qu'un tissu de non sens, de faux sens et de contre-sens.

(2) Saint-Jérôme, le traducteur le plus patient, le plus fidèle de la Bible,
qui dit la vérité pour la vérité, sans la faire plier à aucune thèse, ni à aucun
parti pris d'avance.

Blâme celle des vieux qu'il dit être en vacance...

De ces cinq avocats quel est le plus bavard,
Qui parle le premier et finit le plus tard ?
C'est Job dont le prurit le démange et l'irrite...
C'est en vain qu'au silence un Dieu prudent l'invite,
Sa langue maladive allant toujours grand train (1)
Presse son pentamètre et son alexandrin (2).
Il maudit l'Eternel dans vingt-quatre chapitres ;
Ses amis sont des sots, des gueux et des bélîtres ;
Dieu n'est qu'un étourdi dont le caprice a tort
D'avoir osé frapper un saint homme aussi fort ;

(1) Toute la maladie de Job, débitant son brillant poëme, consistait dans un immense prurit de langue ; en suivant le texte mot à mot, d'un bout à l'autre de cette brillante et passionnée lutte d'éloquence, on n'en trouve point l'ombre d'une autre.

Le moindre raisonnement prouve, d'ailleurs, qu'un homme gravement malade ne pourrait faire, réciter et déclamer en un ou plusieurs jours, même avec ses amis, un poëme long de 42 chants et de 1042 strophes, étincelant de beauté et de sublime, quoique imparfait et manquant de logique, de vérité et d'équité.

(2) Vers alexandrin pour vers hexamètre.

C'est une grave erreur de croire que le vers alexandrin ait été inventé au douzième siècle par Alexandre Bernay pour chanter Alexandre ; il n'a pu que lui donner son nom... Le vers héroïque de douze syllabes, coué au milieu par une césure, était parfaitement connu des Romains et peut-être même des Grecs :

Pastor cùm traheret | Per freta navibus
Idæis helenem | Perfidus hospitam, etc.

Exegi monumentum | Ære perennius

Quod non imber edax | Non aquilo impotens, etc.
                                              HORACE.

C'est une mesure, une déclamation poëtique, un chant, un rhytme pris dans la nature, aussi vieux que le monde, et qui a pu être connu d'Adam lui-même.

Rien de nouveau sous le soleil, disait le *savant et non sage Salomon*, qui fut le plus fol et le plus déréglé des hommes. Salomon polygame, kilogame, pantogame.

Et plus ses bons amis le rappellent, le blâment,
Plus de Job irrité les colères s'enflamment ;
Il maudit le Seigneur, et sa mère, et la nuit
Où prise de douleurs elle enfanta de lui ;
Sa femme, ses amis, sa vie et sa naissance,
Et le diable malin qui vainquit sa constance...

Satan en est tout fier ; dans sa barbe il sourit
D'avoir ainsi gagné contre Dieu son pari...
Job maudit ses amis dont la vive tendresse,
A publier de Dieu la justice le presse ;
Amis jusqu'à rester, sur ce sol étranger,
Debout sept jours, sept nuits, sans boire et sans manger
Et même sans parler...................

Eliu remarquant que leur lâche mollesse,
Près de Job arrogant va tomber en faiblesse,
Les traite de poltrons, de lâches, d'ignorants,
De professeurs vaincus qui vont perdre leurs rangs...
Il prend Job à partie et fortement le tance,
Comme on fait d'un gamin jeune et sans importance...

Le sujet du discours dont retentit le lieu
Est la terre, la mer, le ciel, le monde et Dieu...
Ils parlent tour à tour et chacun se défie
A débiter le mieux de la philosophie.
Leur vers est élégant, grave et sentencieux,
Quelquefois cependant un peu prétentieux.

Job, à gauche, parfois, se détournant oblique,
Et pour un homme saint n'est pas très-catholique,
Quand dans des vers, d'ailleurs, sublimes de beauté,

Il ose nier l'âme et l'immortalité (1).

Et puis n'est pas poli, quand leur ardente lutte
S'échauffant, s'aigrissant, dégénère en dispute ;
Quand il va les traitant de gamins, de pieds nus,
De lâches, d'insensés, d'orgueilleux parvenus...

Pour chiens de mon troupeau je n'eus loué vos pères,
Dit-il ! je les chassais dans d'arides repaires,
Affamés, dans les bois vivant comme des loups,
Brigands, bannis partout et couchant dans des trous...

Ils débitent enfin des torrents de morale,
A la strophe hardie et toujours doctorale ;
Mais Job en s'animant trouve là pour écueil
La redite ennuyeuse, et l'enflure et l'orgueil...
Tous cinq sont des savants professeurs de logique
Et poëtes de plus au vers noble et magique ;
Ce vers est élégant, sublime, quoiqu'enflé ;
Leur style nuageux, quelquefois ampoulé ;
Leur muse à disputer ardente, prompte et leste,
Admire tour à tour la machine céleste :
Ils nous prouvent cent fois dans leurs vers de rhéteur
Que l'homme est très-petit et grand le Créateur...

Dieu voyant à la fin que Job ne peut se taire,
Quitte les lieux ardus et descend sur la terre.
Sur un blanc tourbillon, il vient à leur secours,
Ses vers sont $\left\{ \begin{array}{l} \text{les plus beaux,} \\ \text{les plus forts,} \end{array} \right\}$ sans être les plus courts..
Il a bientôt gagné la palme d'éloquence.

(1) Chapitre XIVe strophes 10e, 11e, 12e, 13e, 14e, et chapitre XVIIe strophes
13e, 14e, 15e, 16e, se terminant ainsi : J'ai dit au néant : tu es mon père !
Et à la corruption : tu es ma mère et ma sœur.

Qui connaît mieux le monde et sa magnificence
Que le Dieu qui l'a fait... Il tance Job et rit
D'avoir avec satan perdu son vain pari...

Tremblant devant Dieu, Job à à la fin s'humilie ;
Il reconnaît ses torts : le priant qu'il oublie
Contre lui ses discours et contre ses amis
Qu'il a traités, méchant, en cruels ennemis....

HUITIÈME CHANT

LE PARI

> Satan d'où reviens-tu ?
> Je reviens de la terre ;
> Et je l'ai parcourue...

Un jour avec ses saints Dieu causait sans mystère...
Satan, sans se gêner, entre au sacré parterre ;
Après les compliments qui se font dans l'Eden,
Pour éprouver Satan, Dieu l'attaque soudain :

As-tu vu mon saint Job ? Ta ruse et ta science
Pourraient-elles à Jcb ôter la patience ?
Simple et droit, me craignant, est-il sous le soleil,
Fuyant le mal, un homme à mon saint Job pareil !
Je parie avec toi ; tourmente-le sans crainte,
Tu ne lui pourras point arracher une plainte.
Enlève-lui ses biens, puis après nous verrons ;
Tu viendras me revoir, nous en reparlerons...

Satan revint, Dieu dit : Ta ruse et ta science
Ont elles de mon saint vaincu la patience ?

Pardi ! c'est pas malin ; enlever des trésors !
Vous m'avez défendu de toucher à son corps....

Vas-y ! lance sur Job, en épargnant sa vie,
Le cortège effrayant de mainte maladie....

De l'olympe aussitôt Satan descend le mont ;
Qu'elle est rapide, ô Dieu, la course du démon !
Il s'élance à l'instant comme un éclair qui passe,
Et soudain en deux bonds il dévore l'espace...
Il accourt près de Job pensif et soucieux
D'avoir perdu ses biens, sans offenser les Cieux....
Le Diable, en vrai serpent, parmi les fleurs se glisse ;
Dame Job de Satan aiguise la malice...
Que fit Satan ? D'abord il réfléchit... puis rit :

Il lance sur le saint un immense prurit
De langue.....
        Qui le mord, et le pique et l'astique
Plus fort que l'aiguillon du plus aigu moustique...

Des trois amis de Job le rôle était muet...

De la langue affligé, Job irrité suait (1)...

Soudain commence entr'eux un savant dialogue,
Dont Job chante la fin, le milieu, le prologue...

Ils bavardèrent tant, dit Jérôme en latin,
Que leur poème ardent dura jusqu'au matin ;
La verve du vieux Job était intarissable ;
Le prurit de sa langue était inépuisable ;

(1) C'est ce que plusieurs commentateurs ingénus ont pris pour un ulcère ;
remarquez que pas un seul mot n'en est redit dans tout le long poème, et
que l'auteur qui fait tout réparer par Dieu à la fin, est muet sur la recette
précieuse employée par lui pour le guérir de cette maladie imaginaire...

Il dit autant de mots qu'il est de grains de sable
Sur la terre et les monts, dans les vastes déserts,
De feuilles aux forêts, d'atômes dans les airs,
De gouttes d'onde aux ruis et dans les vastes mers....

Dieu ne voulant pourtant condamner ce saint homme,
Coupable d'avoir fait un beau, quoique long tome,
En beaux vers expliqués par Codurck et Jérôme,
Qui prouve que déjà la vieille antiquité
Des œuvres du Très-Haut ressentait la beauté ;
Quand sa gageure avec Satan était la cause
Que le saint homme Job avait mal pris la chose ;
Jugeant tout de travers, comme l'on juge à.....
Sans laisser pénétrer ses augustes desseins...

Lecteur, procure-toi le texte véritable ;
Car tout commentateur est menteur détestable ;
Parmi lesquels surtout le blagueur Jean Calmet
Porte, tambour-major, un immense plumet...

Oubliant son pari, Dieu fait faillite au diable...
Il condamne de Job les trois amis en pleurs,
Pour l'avoir consolé, puis plaint, dans ses malheurs...
Il oublie Eliu plein de mâle éloquence ;
Sur lui son jugement est un odieux silence,
Quand ils ont parlé tous en beaux vers, comme lui,
Un langage aussi pur que le soleil qui luit...

Il fait sortir enfants, bœufs, moutons de leur tombe ;
Condamne ses amis à l'immense hécatombe
De cent bœufs, pour servir à faire un grand festin
A tous ceux qui l'avaient outragé le matin...

Frères, voisins, valets, lâche et stupide engeance,
Reviennent pour manger honteux et sans vengeance...

Il blâme injustement Eliphaz de Théman
Et Baldad de Suez, Sophar de Naaman...

Ce jugement, boîteux, faux, lourd, est un problême
De quelque juge mâle, ignorant, faux et blême...

Tout est beau, tout parfait dans Job fougueux qu'il aime ;
Il vient ceindre son front d'un pompeux diadème ;
Il soutient qu'il a fait un bel et grand poème,
Elégant, érudit, pour son antiquité ;
Qu'il passera sans tâche à la postérité ;
Il lui rend ses sept fils, ses filles, sa richesse,
Ses brebis, ses chameaux, ses ânes, sa noblesse
Sans compter les ânons.......
Ses trésors, ses moissons, ses génisses, ses champs ;
ressucite les morts avec des soins touchants ;
Ses mille serviteurs et ses mille servantes ;
Ceux-là laborieux et celles-ci charmantes...
« La plus belle sera pour bannir ses ennuis
« Son épouse fidèle et charmera ses nuits ;
« Elle sera toujours sans fiel, ni bavardage ;
« *Aux filles sa douceur passera d'âge en âge...* »

Il triple sa fortune et donne à ses enfants
Pour confirmer ces faits, des noms rares, touchants.
« Ce sont le grand, le beau, le fort et le sublime,
« Le chasseur, le pêcheur et l'artiste à la lime...
« Ses filles ont des noms pleins d'amabilité :
« La première s'appelle une fleur de beauté ;
« L'autre laisse bien loin les lis blancs et la rose ;
« L'autre a plus de trésors que Pactole et Potose... »

Ecoutons, pour finir, un hébreu fort en us
Un historien vrai, Josephe Flavius,
Ayant mille ans, je crois, de moins que Job lui-même.

« Le livre du vieux Job n'est qu'un brillant poème,
« Un conte oriental élégant et charmant,
« Celui qui veut en faire une histoire... vous ment...

« C'est un chant en beaux vers métrés en dialogue ;
« Dieu, Job et le démon en forment le prologue...
« Dieu parie et soutient que Job est un grand saint,
« Pieux, fuyant le mal, ferme dans son dessein,
« Dont Satan ne pourra lasser la patience ;
« Puis ses amis qui sont quatre puits de science,
« Comme on voit de nos jours Jules Favre et Crémieux,
« Avec le Ciel et lui parlent tous cinq au mieux...
« Tout est beau... mais enfin pour terminer la nique,
« L'auteur, pour Dieu, prononce un jugement inique...

« Hors Eliu, de Buz, issu de Barachel,
« De la race de Ram...
« Personne n'est nommé dans ce livre Babel ;
« Ses filles n'ont pour nom, ni Sara, ni Rachel...
« Toutes portent des noms divers, métaphoriques,

« Et ses quatorze fils sont tous amphigouriques, »

Et sa femme, qui n'est qu'un vieux mythe au logis,
N'a pour pays Vervins, Marle et ni Saint-Algis.

De tous ces faits divers tirons la quintessence ;
Job dans un beau poème a jadis pris naissance :
Le monde en fait un pauvre, un saint, un patient...

C'est un riche Crésus, un vif impatient !...
Eliu, dans ses vers que pompeux il étale,
En a fait une lutte ardente, orientale ;
Mais il manque de goût, de vrai, de jugement,
En faisant parader le Ciel avec Satan,

Lui faisant prononcer un jugement inique
Et-dont il est lui seul le fabricant unique...
Vain, injuste, léger, oubliant l'équité,
Il prête au Dieu du Ciel sa propre iniquité...

« Mentir pour louer Dieu, c'est une impiété,
» Dieu ne saurait mentir, Dieu c'est la vérité !
» Vouloir défendre Dieu c'est lui faire une offense,
» C'est acte d'ignorance et de témérité (1) ;
» Les cieux, les mers publient sa gloire et sa défense (2). »

---

(1) Enfin, cher lecteur, plus de doute sur la véracité de ce léger écrit : pour en effacer jusqu'à l'ombre, relisez le troisième chant de ce petit poëme ; c'est une imitation et presqu'une traduction du livre de Job ; ou bien refeuilletez l'original... en les lisant, il vous sautera aux yeux et à l'esprit que le poème de Job est un chant en vers, une lutte poétique et dialoguée, une louange à Dieu et non une histoire.　　　　D. O. L.

(2) Cœli enarrant gloriam Dei
　　Et opera ejus annuntiat firmamentum.

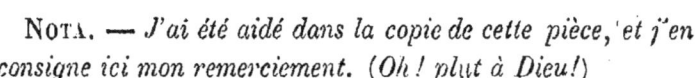

NOTA. — *J'ai été aidé dans la copie de cette pièce, et j'en consigne ici mon remerciement. (Oh ! plut à Dieu!)*

DIIS, HEROIBUS, MILITIBUS IGNOTIS

AUX SOLDATS, AUX HÉROS, AUX DIEUX MÊME INCONNUS

Par M. L......, Instituteur à C........

Oh ! qu'il est doux sous les yeux d'un bon père,
Sous les baisers si tendres de sa mère,
De contracter des nœuds encor plus doux !
D'un ange bon d'être sacré l'époux !
Qu'on est heureux sur les bords de la souche,
Près des roseaux, sur des gazons fleuris,
D'aller cueillir en époux, sur sa bouche,
Mille baisers et cent mille souris ! !

Priez, époux !! je vois monter l'orage !
Le cruel Mars a déchaîné sa rage,
Et secouant ses funèbres lauriers,
A la frontière appelle nos guerriers...
Jeunes époux, abreuvez-vous de larmes !
Jeunes soldats, allez prendre vos rangs !...
Abandonnez en proie à leurs alarmes
Vos désolés et malheureux parents !

Un éclair brille au front de ma patrie...
Le tocsin sonne... et Mars est en furie...
Des orgueilleux vont broyer l'étranger ;
Sous leurs drapeaux ils courent vous ranger...

2

Déjà l'on parle et l'on bondit de gloire,
Du Rhin franchi, de Metz, de Sarrebourg : —
Déjà l'on chante une noble victoire :
En se jouant on a pris un grand bourg...

Oh !... quels torrents de soldats, de poussière !
Tremblez, Français ! baissez la tête altière !...
Que de sueur aux coursiers écumants !...
Que de fureur aux braves combattants !...
Que de canons et tonnant et fumants !...
De fantassins et de cavalerie, —
De lourds caissons, de grosse artillerie ! —
Que de discorde et de bruit règne ici !...
Comme la mort horrible crie et fauche
Dans les carrés, hurlant à droite, à gauche !

Que de hulans s'envolant vers Nancy !
Oh ! qui l'eut cru qu'une ville superbe
Par cent uhlans, honte ! ploierait sous l'herbe !
Douay, Boutroy... que de héros sans nom,
Preux comme Hector tombés sous Ilion !!!
Oh ! que de Grecs acharnés, en furie !...
Vous êtes mille, ils sont un million...
Prenant au cœur notre chère patrie...

Nous n'avons plus le grand Napoléon !...

Oh ! que de sang, oh ! que de funérailles !
De la patrie entr'ouvrent les entrailles !
Oh ! que de honte... oh ! que de vifs remords !
Que de héros tombent blessés ou morts !

Oh ! que d'enfants, dans cette lutte amère,
Qu'on vint ravir hier à leur vieux mont,
Là sont tombés, en criant, ô ma mère !
O mon épouse ! ô mon père ! oh ! Froidmont !!!

Je tombe et meurs sanglant pour ma patrie...
Du haut du ciel Dieu m'appelle et me crie :
Viens dans mes bras, tu seras mon enfant ! —
Bercé par moi, tu seras triomphant ! —
Viens recevoir la céleste couronne ! —
Je serai tout : ta mère, tes parents ! —
Resplendissant tu seras sur un trône,
Et vous, Français, vous serez encor grands !... (1)

Ils sont tombés dans la rouge mêlée,
Couverts de sang, de boue et de fumée !...
Ils sont tombés glorieux, loin de nous ;
Les os broyés, sans ployer les genoux !...
Tombés, las !... sans un baiser de leur mère,
Loin de la souche et loin de ce haut mont,
Sans obtenir un regard de leur père ;
Sans un gazon dans le vieux cimetière... —
(Pâle, rougis, ô mort, de cet affront ! —)
Sans un baiser de leur épouse au front !!!!

Nous pleurez-les, ainsi que la patrie
Par tant de honte et tant de deuils meurtrie !...
Laissant la gloire et ses vains bataillons,
Aux champs de paix, travaillons, travaillons !...
Les champs, les bois, les eaux et la prairie
A l'ouvrier donnent plus de bonheur
Que les combats où ma pauvre patrie
Perd ses enfants, et tout... hormis l'honneur.

(1) Vous serez grands, mais pourvu que... (Pièce suivante).

Vous serez encor grands, Français, mais pourvu que.....

Vous serez grands, pourvu que vous chérissiez l'ordre ;
Vous serez grands, pourvu qu'abhorrant le désordre
Vous attachiez enfin au juste pilori,
Pour guérir le pays honteux, endolori,
Les mégères sortant d'enfer les jambes nues,
Secouant une torche ardente jusqu'aux nues
Rigault, Moussu, Mégy, Flourens, Vermech, Rochfort,
Parmi tous ces bandits qui hurlent le plus fort !

Vous serez grands, pourvu que cultivant vos terres,
Vous y fassiez aidés de vos fils solidaires
Pour grandir le pays, des travaux salutaires... —
Que sans vous contenter d'engraisser vos guérets,
Aux marais desséchés vous plantiez des forêts ;
Ou bien que par vos mains convertis en prairie
Vous y fassiez pousser l'herbe grasse et fleurie...
Pourvu que dans Paris ivres de liberté
Vous ne déchaîniez pas le monstre égalité,
Puis que vous ne disiez farouche et sanguinaire

Je te tue, Archevêque... embrasse-moi, mon frère !

Pourvu que cultivant les arts avec succès,
Vous nous donniez à tous des exemples parfaits ;

Que probes, courageux, pratiquant le commerce,
Vous sachiez respecter le pouvoir qui vous berce.

Que vous ne soyez pas toujours mutins, taquins,
Tuant, chassant vos rois, comme de vils Tarquins, —
Que secouant partout la haine et la risée,
La France ne soit pas par ses voisins brisée... —

Que l'enfant de Paris, dégoûtant de tabac,
Sâle, ivre et débraillé ne prenne son ébat
Dans le vin, le café, les liqueurs et l'orgie,

Pour sortir furieux de cette tabagie...

Que les Hugo, les Pyat, êtres pétris d'orgueil,
Et mille autres pareils, abandonnant leur seuil,
Librement ou forcés rejoignent leur écueil ! —
Sur leur bouche qui bave, on mette des charpies ;
Qu'impurs ils soient placés au nombre des harpies...
Ou bien des animaux immondes, venimeux,
Sur les droits les plus saints bavant toujours comme eux !

Qu'ils inventent là-bas des monstres, des couleuvres,
Des reptiles nouveaux, des hideuses pieuvres !...

Vous serez grands pourvu que pauvre et désarmée
La France lève encore une imposante armée ;
Que fort, discipliné, sobre, ardent, le soldat
Défende contre tous son juste et prompt mandat...
Qu'il soit obéissant, sage, prudent, habile

A combattre un Prussien aussi bien qu'un Kabyle...

Qu'il ait des généraux dont le talent reluit
Braves, savants et purs, comme un soleil qui luit... —

Qu'en l'autel de leur cœur un sainte voix crie :
Vertus, talents, honneur, amour de la patrie !
Qu'ils rappellent chez nous : Bart, Turenne ou Bayard,
Qu'un héros vaut bien mieux qu'un Favre ou qu'un
[braillard,
Dont la parole n'est qu'un robinet qui coule
Et qui n'a d'autre but que de tromper la foule

Que les temps sont passés des Gracques, des Tribuns
Déclamant contre tout, orgueilleux, importuns,
Qui voudraient parvenir et s'élever ministres,
Appuyés de complots, sombres, noirs et sinistres...
Dût la France périr et trouver son écueil
S'ils élèvent, piteux, d'un pouce, leur orgueil,

Que c'est perdre son temps que des discours frivoles ;
Qu'il faut des actions et non pas des paroles.

Que vous ayez de grands et nombreux alliés,
Dont les rois ne soient point des mannequins liés
Comme ceux d'Albion ; perfides dont le Time
Vers l'astuce et l'or vil pousse toujours l'estime...

Vous serez grands pourvu que le maître d'école
Soit plus savant que nous, — que tous il nous recole ;
Et puis que sans savoir le grec et le latin,
Il sache son français et son lever matin !...
Qu'à nous tous ouvriers pour nous donner l'exemple ;
Dès cinq heures il sonne un Angelus au temple,
Pour prier Dieu, qu'il nous bénisse et nos moissons ;

Que dès la sixième heure il ouvre ses leçons ;
A six heures du soir, sortant ses nourrissons :

Deux heures de repos par jour doivent suffire...

Qu'à ses jeunes enfants il montre vite à lire,
Qu'ils sachent à dix ans lire, compter, écrire

En faire des rhéteurs en enfance est délire !

Ou des grammairiens :
                                    — Comme faisait Durieu,
Apprenant les enfants à changer l'e en eu !
Rien qu'en le rapportant, poète, je crie heuch !
Et je supprime l'u quand j'écris le mot Die (1)

Cette immense ânerie eut fait rire ma mère !
Qu'en eussent dit Boileau, Platon, Laharpe, Homère,
Sans doute ils eussent ri plus fort qu'une commère
Et le savant Virgile avec :
                                    Ille sub hæc,
Leur aurait en deux mots tout secs fermé le bec.
Et le grand comédien qu'on surnomma Molière,
Que Louis le grand homme a couronné de lière
Fut mort comme en jouant l'élève imaginaire.

En voyant ces rébus que doit dire un savant ?

Peut-on pousser le faux, le niais plus avant ?

Quintilien l'a dit : oh ! jamais le stupide
Pour apprendre un enfant n'est un mode rapide !

On a doublé le prix au juste instituteur

Pour qu'il soit de l'enfant, { le maître } et le tuteur
                             { le père }

Pour qu'il sache à dix ans, lire, compter, écrire

(1) Dieu.

S'il ne lit à dix ans un maître me fait rire....
Ou bien plutôt pleurer... pleurer, m'écriant heuuh!

Je lisais à cinq ans sans changer l'é en euuh...

Donc qu'il sache à dix ans lire, compter, écrire... —

Si le maître est actif, que de dix à treize ans
Tous ses élèves soient laborieux, savants !

Le travail mol et court n'en fait que des pédants...

Laissons aux étrangers la morgue ou l'insolence...
Foulant aux pieds les us, la torpeur, l'indolence,
Battons-les en travail, en vertus, en science.

Ce mode est bien sûr et bien plus innocent
Que de verser des flots, de plomb, d'or et de sang.

Que le prêtre savant après vingt ans d'étude
Sorte comme un géant de cette solitude...
Comme un aigle planant sur notre humanité...
Qu'il prêche les vertus, la sainte probité !
L'amour de Dieu, de l'homme et de la charité !
Que son verbe éloquent, doux, pur, fort nous attache,
Quand il prêche les mœurs, le bien, l'honneur sans tâche,
L'obéissance, l'ordre et la sobriété,
Le travail incessant, et la sainte équité...

« Qu'il sache distinguer le blé pur de l'ivraie ;
« Que sa morale soit claire, savante et vraie !...
« Qu'il n'ergote jamais !... Qu'il soit d'un franc alleu,
« Sachant concilier la raison, l'homme et Dieu !...

« Qu'il ne s'emporte pas !... Sa voix douce et posée
« Doit tomber dans nos cœurs, ainsi qu'une rosée
« Tombe des mains de Dieu sur l'herbe du matin...

« Chantant, parlant français, beaucoup plus qu'en latin...
« Et que son âme soit blanche comme un satin... »

« Faisant chérir le bien qu'il fustige le vice,
« L'ivrogne, le gourmand, le vol et l'avarice
« Le menteur, le méchant...
                              « Que toujours doux, sans fiel,
« Sa parole nous charme et nous conduise au ciel !...
« Sur tout grave sujet, son verbe doit s'étendre...
« Il a beaucoup appris, il doit beaucoup apprendre,
« Et puisqu'il sait beaucoup, on doit beaucoup l'entendre...

« Qu'il fasse respecter
« De l'improbe voisin   notre possession !
« Et des larcins impurs
« Du rapace Vautour
« De l'avide parent   notre succession !
« Ou du vil intrigant

« Qu'il prêche au nom du ciel (le bon Dieu me le crie :)
« Avec l'amour de Dieu, l'amour de la patrie !...

« Rien n'est beau que le vrai !!! laissant à nos aïeux,
« Le faux ou le douteux ou le mystérieux :

« Qu'il soit toujours doux, bon, jamais dur, n. terrible,
« *Et véritable, même en expliquant la Bible* !.... »

Pourvu que cultivant l'union et la paix,
Vous déchiriez enfin tous vos voiles épais ;
Que vous chassiez d'ici les monstres d'anarchie,
Que vous chérissiez l'ordre et la hiérarchie :
Même que vous respectiez l'antique monarchie...

Qu'au lieu de proclamer la folle liberté
Vous vantiez le travail et la sobriété ;

La vérité qui luit et la sainte équité...

Et qu'au lieu d'adorer Rochefort la momie,
Vous pratiquiez toujours l'ordre et l'économie...

Pourvu que l'homme adroit qui nous donne la paix
Ait notre affection, nos pensers, nos respects ;
Que l'opposition, sans cause, soit honnie,
Et la main qui conduit la France soit bénie !

Le pouvoir épineux, n'a pas tous les appas :

« Il faut qu'un roi gouverne et qu'il ne règne pas ! »

. . . .

Que les premiers devoirs de notre nation,
Soient amour du pouvoir, subordination...

Aux méchants orgueilleux retirons notre estime ;

« *Honorons les vertus et fustigeons le crime...* »

Que probes et pieux, obéissants, modestes,
Nos pensers soient tournés vers nos devoirs célestes ;

« Les travaux les plus durs, avec l'aide du ciel,
« Nous deviendront aisés et doux comme le miel... »

Qu'ouvriers vous n'alliez, pour chasser vos ennuis,
Dans l'orgie et le vin passer toutes vos nuits ;
Rapportant les lundis, pour tout Dieu, tout rosaire,
Aux femmes, aux enfants, la honte et la misère...
En vos tristes logis.........
« Qu'instruits par le malheur et par la pauvreté
« Vous preniez pour drapeau : travail, sobriété... »

Que la vierge chez vous soit mise avec décence !...

Apprenez aux enfants la sainte obéissance,
Le travail assidu, l'austère probité ;

Faites-leur abhorrer la folle liberté ;

Les vins, les mols repos, la sâle ébriété...
Montrez-leur de bonne heure à s'occuper, à lire ;
« *Engraisser des enfants oisifs, est un délire !...* »

Que vous soyez puissant, riche, pauvre, ouvrier
Le plus grand des biens, c'est : de savoir travailler !...
Et, sans regarder si l'enfant crie ou s'il pleure,
De le lever matin ; le coucher de bonne heure ;

Et pourvu qu'il ait pris neuf heures de sommeil ;
Levez-le, pour qu'il soit fort, bien portant, vermeil...

. . . .

Les enfants autrefois sans bas marchaient chez nous,
Et cachant leurs mollets jusques à leurs genoux,
Ils ne montraient jamais leurs pieds, leurs jambes nues...
Des mères les vertus de tous étaient connues...
Et ce qu'elles faisaient, en ménageant leur or,
C'était pour nous durcir et nous rendre plus fort ;
Sous la robe ou l'habit qui tombaient avec grâce
On ne montrait jamais sa jambe maigre ou grasse...

Dans ce siècle de fer et tout noir d'attentats,
Pourquoi l'impureté gangrène tant d'états ?
Pourquoi tant d'impudeur et tant de scélérats ?
« Ne serait-ce pas que, folles mères, des filles
« Vous montrez les genoux sous leurs courtes mantilles ?...

« Suivez de Saint-Thomas les pieuses leçons,
« Ou vous aurez la fièvre et d'horribles frissons...

« Couvrez ces anges purs de l'aile maternelle,
« Pour mériter au ciel une palme éternelle.

« Cultivez leurs vertus, leur chaste piété,
« Donnez-leur des leçons d'honneur, de charité !
« Par elles instruisez la faible humanité...

« Le premier frein du vice est la pudeur des femmes...
« Par vos saintes vertus arrêtez les infâmes!... »

Vous, ouvriers, que Dieu forma pour le travail,
Du vaisseau de l'état la rame ou gouvernail ;
Moissonneurs de nos champs, artisans de nos villes,
Sans perdre votre temps en des disputes viles,
Et sans rien décider à la majorité,
Dans les cafés, les clubs où bruit l'ébriété ;
A l'écart n'invoquez que le Dieu du silence,
Où le penser mûrit)
Où la raison éclot } Sans bruit, sans pétulance...
Dans nos champs, dans nos bois, sur le mont, dans les
[airs
Dans les fonds isolés, au milieu des déserts (1),
Comme faisait jadis Moïse le sublime,
Ou saint Jean l'inspiré de Pathmos sur la cime...

« Avec l'ardent travail et la sainte union
« Le Français viendra riche et fort comme un lion...

« Et nous serons encor la grande nation. »

Que Dieu veuille bénir, chers lecteurs, mon court tome
Qui ne peut mieux finir qu'en citant un grand homme !..

(1) (Variante).

Dans nos champs, sur le mont élevé, dans les airs
Dans les fonds, dans les bois ombreux, dans les déserts.

A UN SAVANT BACHELIER

Je viens rectifier la note abortive, que je vous ai laissée au crayon, vous trouverez celle-ci encore bien abrupte... pardonnez-moi les fautes nombreuses dont elle fourmille...

Cùm tibi }
Cùm mihi } tempus abest { perduro me pede pulsas
{ cogimur ire foràs...

Mais soyez persuadé, savant bachelier, Justement estimé, dont l'humeur est fort tendre, que vous ne perdrez pas d'attendre, comme disait Mondeux, un jour ou deux... Je remets au métier vingt fois ce vil ouvrage ; et cette vile version, si je ne perds courage, sera plus pure avant l'impression.... Patience et travail pour polir un ouvrage, valent mieux, vous savez, que colère et que rage...

Quand j'invite à dîner, je suis toujours chez moi ;

Ou quand chez moi quelqu'un de bien s'invite,
Quod idem est... en vous trouvant tous deux en fuite
Je fus donc en mon cœur frappé d'un grand émoi,
Puis j'écrivis deux mots au crayon... puis fuis vite !...

Ne croyez pas, enfant, qu'une muse ferlape

Quand elle irait dîner chez Esculape...
    J'allais chez vous savant, comme un savant ami, -
      Aussi sobre qu'une fourmi
      Et pour ne dîner qu'à demi...
Ne doutez pas !... Lorsqu'une muse avance
Un fait : Dieu m'avait dit :... dîne toujours d'avance !
Bonne précaution, allant chez des docteurs
Pressés, qui mangent moins en leurs logis, qu'ailleurs
      Et qui n'en viennent pas meilleurs.
Ni mieux portants ; mais qui viennent railleurs,
Comme des cordonniers ou comme des tailleurs...

    Ce n'est pas que sous notre République
      Qui nous donne mainte colique
J'en prenne mal de tête, ou de cœur ou colique :
      Je n'en fais qu'une bucolique
      Vieux poète, car c'est mon tic,

Pour être utile et puis plaire au public,
      Comme Virgile ou bien Horace
      Dont je suis de très-loin la trace,
      Quoique je sois chien de leur race...
J'en ris comme d'un tour ou comme d'un canard
    Qui non olet,   { ni le musc, ni le nard...
    Qui ne sent point, {
Non sumus, vous, ni moi, Cigogne, ni renard,
                      car,
Renard, si vous faisiez ce tour à ma cigogne,
      Sans pitié, comme sans vergogne,
Sans le verre de vin, de Mâcon, de Bourgogne,
Que je bus à Monceau sous l'immense tilleul
De Lamartine dont j'étais l'humble filleul,
Qui me fut présenté par Agar, sa servante,

Ainsi qu'à mon cocher... bonne qu'ici je vante,
Qui sous d'humbles habits était bien plus savante
  Et que vous et que moi ;
  Soit dit sans autre émoi ;
  Parce que le grand Lamartine
Lui présentait souvent une noble tartine.
  Je pourrais comme la cigogne
Du fablier, vous rendre quelque jour
  Adroitement le même tour...

N'oublions pas notre bon Lafontaine
Qui nous dit dans sa fable et fine et non lointaine :

  Compère le renard se mit un jour en frais
Et retint à dîner commère la cigogne.
Le régal fut petit et sans beaucoup d'apprêts ;
  Le *galant*, pour toute besogne,
N'avait qu'un brouet clair ; il vivait chichement...
Ce brouet fut par lui servi sur une assiette,
La cigogne au long bec n'en put attraper miette
Et le drôle eut *lapé* le tout en un moment...

  Ici le tour est bien plus drôle...
  Et beaucoup moins charmant...
Ce fier renard, en outrageant son rôle,
  Ne nous donne pas une obole,

Il ne nous donne absolument ri-en....
  Pas même un vieux nœud de li-en.
  Pas même l'os qu'on donne au chien...
  Pas même une bonne parole...
  Il nous reçoit comme un vaurien...
  Puis intervertissant le rôle,

Ce qui devient beaucoup plus drôle...
Il nous reçoit comme un p......
. Ou bien même comme un vacher
Quand chez lui nous avions l'espérance
De dîner comme un roi de France,
Ou comme on dîne chez Esculape ou Gallien;
Nous pauvre enfant virgilien !
Quand d'ami nous venions tresser le doux lien,
Surtout à cause de sa femme,
Que nous tenons pour haute et noble dame ;
Qui *châtaine* aux yeux noirs, brille sous le satin,
Comme une perle du matin...

(*Suivons*) : Pour se venger de cette tromperie
A quelque temps de là la cigogne le prie...
Libenter, lui dit-il, car avec mes amis
Je ne fais pas céremonie...
A l'heure dite, il courut au logis
De la cigogne, son hôtesse,
Laudavit fort sa politesse
Invenit dîner cuit à point...

Bonum appetitum renard n'en manque point...
Jàm gaudebat à l'odeur de la viande
Benè fricassatam et qu'il trouvait friande...
On servit pour l'embarrasser
In vas longo collo et d'étroite embonchure
Rostrum de la cigogne optimè passabat
Sed bec alopékos, pas du tout entrabat
Car il était alterius mesure...
Il lui fallut à jeûn retourner au logis
Honteux comme un renard qu'une poule aurait pris.
Stringens caudam... et portant bas l'oreille ;

Trompeurs, c'est pour vous que j'écris
Attendez-vous à la pareille !

Qu'ai-je dit, insensé, me serais-je mépris ?
Oh ! si c'était !... heureux,... que je serais surpris !
(*Alors*) Cent fois pardon, Monsieur, et mille fois Madame !

Mais pas d'illusion !... j'étais éveillé, Dame !...

Non, c'est trop vrai ! J'ai trop bien pu le voir,

En plein soleil de midi, non le soir,

Qu'on m'assénait un grand coup de boutoir !
Que j'étais persifflé,
Berné, hué, roulé,   Que le tour était noir !
Ahuri, souffleté,
Oh ! quand j'ai réfléchi le tour est bien plus noir ! ! !
C'est plus qu'un mauvais tour, c'est une horrible histoire
Qui restera toujours gravée en ma mémoire !
Comme Mathusalem, quand on vivrait mille ans,
On n'oublierait jamais des affronts si sanglants...
   C'est pire qu'un affront, oh ! c'est un guet-à-pens
Que ne commettraient point les plus vils sacripants
      (Mais cependant
Pardon à ce Monsieur, à sa noble madone,
Pour être pardonnés, Dieu nous dit qu'on pardonne !...
   C'est le pater que Jésus, autrefois,
Nous apprenait avant de mourir sur la croix
Peut-être serons-nous heureux une autre fois....
(Dieu nous ôté parfois et parfois il nous donne...)
      Peut-être ailleurs
Trouverons-nous des vins meilleurs...

Mais ne serait-ce pas son cher voisin d'en face,
   Qui pour obscurcir son soleil,

Vint le voiler d'un tour pareil.

Avec l'esprit et l'air de Boniface,
Il peut vous faire bien du mal,
Comme un zèbre Français, en vous conseillant mal
Il faut que je vous avertisse :
Mieux vaut un loyal ennemi,
Qu'un sot et filandreux ami !

Il n'est pas coutumier de nous rendre justice !

Puis, ne serait-ce pas le quartier qui fait çà
Défiez-vous de ces citoyens là,
Qu'on appelait jadis Ciconia;
Dont les corps sont par la nature,

Les pieds, la langue et la maigre figure
Et les cheveux... plats, longs, outre mesure,
Grands Goliath pour la stature,
Que David enfant terrassa,
Avec un caillou qu'il lança.

Quand la boussole est fortement troublée
Au vrai le faux très-souvent on supplée
Car, hélas ! quoique suppliant
Il nous condamnait un jour injustement
Pour plaire à certain garnement
Qui m'avait pris mon oseraie...

Noir qu'il rendit aussi blanc qu'une craie...
Il me força d'aller à Laon...
Vous, bachelier, meilleur apôtre,
De son faux jugement, humble, j'appelle au votre,
Sans faire mainte patenotre...

Mᵉ Talon chez qui je fus pour çà
Son jugement sitôt cassa
Et lui mit sur le dos et les frais et l'amende...

Or nous qui voulions être amis,
Ou qui du moins désirions l'être,
Ne faisons pas parler Thémis,
Car nous serions bientôt démis ;
Ne fringamus, ni carreaux, ni fenêtre.
Brisons des procédés mauvais, tout près de naître,
Es doctor, ego point, donc vous êtes mon maître ;

Pauvre de corps, d'habit, d'argent, d'esprit,
De vers, de prose, humblement, en personne,

Chez vous, en plein midi je sonne et ne trouve personne
    Qu'un maître qui dit,
    Comme un étourdi,
Lui-même, moi présent, à son honnête bonne,
Dites-lui :... (la farce est très bonne !)
Que je n'y suis pas pour personne ;
    Oh ! si j'étais bon ou bonne chez vous, mon cher,
    Pour mentir effronté... vous me payeriez très-cher.

Cette sornette-là, mal à mon cœur résonne !!

Quoi ! vous êtes grand homme et n'êtes pour personne !!!
Quoi vous êtes savant,   }
Vous êtes obligeant,   { sans l'être pour personne !
Je ne suis rien, Seigneur ! et je réponds à tous.

  On peut entrer très-hardiment chez nous ;
Cependant, je suis plus, mieux occupé que vous.
Sans mépriser les actions des autres,
Les vôtres sont moins nobles que les nôtres.

Nous taillons toujours dans l'esprit ;

Vous, vous taillez souvent, plus ou moins ennobli,
Heureux ou malheureux, in animâ vili.

Quelquefois vous sauvez par un remède leste ;
Parfois vous envoyez au royaume céleste,

Et quand je pense à nos dix morts,

J'ai quelquefois de grands remords.
Ils sont morts sous Guénaud, avec sa dose *chaude*,
Quand ils étaient guéris, peut-être, avec l'eau *froide*...

. . . .

Sans sonner, tous entrent chez nous ;

« Je n'ai ni clefs, targettes, ni verrous.
« Entrez ! Je quitte tout et n'éconduis personne,

« Serait-ce le Diable en personne !...

« Omnes, entrez, sans que l'on sonne !...
« Le jour, la nuit et les sept jours en dis ;
« Je vous servirai gras, même les vendredis. »
Je reçois tous ; les pauvres, les bandits,
Et même ceux qui sâlissent nos lits...
Soldats et malheureux à lamentable histoire,
Venant chez nous un jour de foire...
Et bien souvent de mauvais sédiments
Furent pour nous... de rudes rudiments....

Je ne refuse rien à celui qui mendie,
Et mon cœur brule — ainsi qu'un incendie.

Vous n'êtes point, vous, dans un cas urgent,
Nec commode et nec obligeant,
Pour fournir un remède, et même avec argent.
« Oh ! n'est-ce pas (il faut que je vous avertisse),
« Là ce que l'on appelle un déni de justice,
        « A signaler dans un journal,
        « Puni dans le Code pénal ? »

Je ne refuse rien à celui qui mendie ;
Je cours la nuit rapide à l'incendie;

Je ne connais pas de maudit;
Je ne refuse aucun pauvre qui prie
   Et qui me crie :
Charité !... ce grand mot par Bouhours est écrit :

« Ne le refusez pas ! Car il est Jésus-Christ.... »

Comment se fait-il donc, quand moi, valet, en France,
De dîner avec vous, seigneur, j'ai l'esperance,
Que durement, savant, vous, vous me malmenez

Et que voyant mes esprits étonnés,

Vous me fermiez la porte au nez,

Et m'obligiez de déserter la place,
   A l'heure où vous dînez,
   Quand à dîner vous m'invitez?
« A la place du cœur auriez-vous une glace? »

   Pour un seigneur, seigneur, vons m'étonnez !

Vous n'avez donc pas le plus mince usage;
Le moindre des valets de la ferme est plus sage....

De notre saint Poète écoutez les verba...
Me forcez-vous de les graver sur votre porte,
Alors qu'un saint courroux, comme Jésus, m'emporte?
« Frigidus, ô Pueri, fugite hinc latet anguis in herbâ ! »

Savant, si vous daignez m'écrire,

En prose, en vers, } Je suis prêt à vous lire.
faites le vivement!
Je vous donne l'exemple ! et quand on parle à Dieu,

Comme jadis Jésus !
$\left\{\begin{array}{l}\text{C'est qu'on est probe,}\\\text{C'est qu'on est bon,}\\\text{C'est qu'on est juste,}\\\text{Et vrai... seigneur !}\end{array}\right\}$
Adieu !!!

Et si jamais votre bon cœur m'invite
Mon cœur a faim et soif ! il y courra bien vite !!!

www.ingramcontent.com/pod-product-compliance
Lightning Source LLC
Chambersburg PA
CBHW060805180626
46818CB00002B/705